3579

LE
VIEILLARD
IALOVX TOMBÉ
EN REVERIES

A la loüanges des Cornes.

AVEC

VNE EXPRESSE

d'effence aux Femmes de ne plus

battre leurs Maris fur les peines

y mentionnez.

A PARIS,

Toute la Copie Imprimée à Roüen,

M. DC. XVIII.

LE VIEILLARD IALOVX

tombé en resuerie, à la loüange des Cornes, auec vne Expresse d'effence aux Femmes de ne plus battre leurs Marys sur les peines y mentionnez.

CE grand Vniuers n'est qu'vn Theatre ou l'on voit indifferemment chacun ioüer son rollet au iourd'huy l'vn est maistre, demain l'vn est valet, auiourd'huy l'vn seigneur demain homme de Chambre auiourd'huy Secretaire demain porteur de pacquets, auiourd'huy Solon demain cueilleur de sacs, auiourd'huy procureur demain soliciteur auiourd'huy Feronnier demain Mareschal, auiourd'huy Courtier demain Tauernier auiourd'huy Page, demain alcquais, bref il n'y a rien de côstant pour vne si grande roüe qu'est le monde, Eolle n'est si mobille. La féme sy muable l'air sy changerât, le Ciel sy variable ny la mer sy inconstante que sont le mouuement du Ciel & l'ordre de la terre, Eolle vente, la féme change l'air se difforme le Ciel se metamorphose la mer se trouble, mais rien ne vente se change se difforme metamorphose & trouble tant que les affaires du monde ou de l'vniuers ie m'en

suis quelques fois tant ry que je m'en suis fendu
la bouche jusques aux oreilles ! He quoy
que feroy ie moins voyant de guillaumes de-
venir Iean, de Iean deuenir guillaume, des
clairs voiant ne veoir goute, des entendibles
n'ouir point des aigles deuenir pies, des Lyons
lieures, des aigneaux loups, des brebis regnards,
des perroquets hays & des hommes singes, ha
ie m'en ry, ie m'en ry, quelques Vieillard que
ie sois & fusse plus jaloux que Iunon qui suiuoit
Iupiter par tout, encor qu'il se transformast
tantost en nuee, tantost en bœuf en serpent ou
en pluye d'or ou que ceste Pocrie qui se fit tuer
de son cephalle que l'encore qui se fit manger
des chiens de son Mary ou que le Vulcan qui
s'exerça a faire des reths pendant que Mars luy
faisoit des hausses pour faire faire veoir visible-
ment ses cornes, cornes releuees, cornes su-
perlicocensieuses, cornes bien plantez, cornes
heureuses de naissance corne qui naissent sans
que beaucoup s'en apperçoiuent, & bref corne
qui mettent beaucoup de ialloux en resuerie
comme moy qui songeoit estre logé en la mai-
son ou pend pour enseigne loiseau sainct Luc,
& l'estoient en Chambre garnie au Capricorne
logis respectable a ceux qui ne le cognoissent
point & qui toutesfois fait deuenir les grisons
de l'aurore comme moy extrément ialoux &
donné vn bonnet sans Coiffe a ceux qui n'en
ont que faire voire fait entrer en resuerie, les
cerueaux mieux timbrés de nostre horloge de
douze a traize, horloge qui changeant mon

plumage de gay oyfeau en celuy de coucou m'a
qu'aſi metamorphoſé en l'oriot, & fait entrer
en telle reſuerie que les nues bleues me ſem-
bloient Iaune les pagmes Geants les Therſite,
Achilles les eſpines roſes & mil autre choſes
ſemblable a la loüanges des cornes, cornes
que ie ne peux trop loüer d'autant que la plus
grand partie de la qui ſe voit ſur la terre en
porte.

Mais n'eſt-ce pas auſſi vne b lle prerogatiue
que d'auoir des cornes, ouy car les premiers ani-
maux du monde en ont porté, ſçauoir les bœufs,
cerfs, licornes, boucs, cheures, moutös, & autres
telles beſtes qui toutesfois ne ſe veulent battre
pour porter des cornes comme font pluſieurs
qui ne ſont pas beſtes, mais pour la ialouſie
comme moy.

De vray la ialouſie fait entrer en reſuerie, la
reſuerie fait deuenir fantaſque, & la fantaſque
fait deuenir fol, & toutesfois ſans ſubiect, Si
ce n'eſt pour les cornes, mais quelles merueilles ne veit-on iamais des cornes, il y en a au ciel
dans la mer & ſur la terre), premierement Diane, aſſçauoir la Lune lors qu'elle va en retro-
gradant elle monſtre ſes cornes, neantmoins
ie ne ſçay pas ſi elle fait cela pour faire duel à
Vulcan, ou aux ialoux comme moy, qui ont
peur d'en porter, & n'en portent que par fan-
taſie ou reſuerie.

La Mer n'en eſt pas exempte ſoit que les
Tritons marins en ayent fait porter aux terreſtres, ou que les terreſtres en ayent fait porter

aux marins tefmoin Neptune auecques fon tri-
dent a triple corne dequoy il a defpucelé tant
de Gregoifes, & fait paroiftre tant de croiffans
fur les logis.

Cybelle auffi (ou bien la terre) n'eft en rien
tant feconde qu'en cornes, & Iupiter pour re-
compenfer Achelous qui auoit perdu fa corne
la donna aux Nimphes & l'emplir de toutes
fortes de fruits pour tefmoigner que les cornes
plaifoient a Iupiter. Neantmoins ie diray bien
vne chofe en paffant, c'eft que les beftes ter-
reftres en portent pour leur deffence & font
mefme trophee d'en porter, mais tel en porte
qui ne l'ofe dire.

Mais Venus qui ne tient pas petite qualité
entre les planettes a tellement aymé les cornes
que ie ne vous peus dire combien de douzaines
elle en a fait porter a fon boiteux de mary, tantoft en embraffant Mars tantoft careffant An-
chife, tantoft frifant Adonis, & bref, faifant
la cour a tout le monde, dauatage cefte Deef-
fe voulant venger des femmes de l'ifle de Co
qui auoient offencé fa perfonne, elle les mua
en vaches & leur fit a tout tant qu'ils eftoient
porter des cornes fur le front pour tefmoigner
qu'elle ayme extremement les cornes ou peut-
eftre ne laiffer fon mary feul auec le tiltre de ces
belles armoiries de la corne dont elle eft fi re-
commendablement ambitieufe que rien plus.

Mais ce n'eft pas encores le tout, i'ay moyen
de vous fournir plus de cinq cens bafteaux de
cornes, fans aller a Chaftelleraux, car plufieurs

grands personnages ont faict triomphe de porter des cornes & plusieurs merueilles sont arri-
uez par les cornes, premierement Acteum qui
fut d'vne race fort fameuse eut le chef cornu, &
porta sur le frõd des cornes aussi grãdes qu'vn
serf, secondement vn autre personnage fort
recommandé fut esleu magistrat à la republi-
que Latine pour porter vne corne sur la teste,
peut-estre aussi vous me direz que c'estoit le
temps, comme à la verité c'estoit, mais aussi
ie vous respondray que si l'on change de temps
aussi fait-on de cornes, par ce que celles du
passé se voyoient apertement & celles d'aprese
sont inuisibles.

Cela n'est rien, le grand Turc n'a honte d'a-
uoir le croissant à deux cornes pour sa deuise,
son sceptre en est orné, ses armes en sont de-
corez ses palais en sont réplis & ses enseignes
enrichies, il est vray que son croissant ou ses
cornes sont plus dãgereuses que les cornes du
thaureau Cretoys qui vomissoit des flames a-
lors qu'il les tourne cõtre les potentats de l'Eu-
roppe, neantmoins quelque iour ils se pour-
ront esmousser, & amollir s'il ioute iamais
contre le Lion du deuxiesme climat, ou le Lys
du verger des Hesperides de Gaulle, mais ie
m'esgare, retournons aux cornes, c'est vn io-
ly bouquet. Pan le forestier se trouue extremement content de le porter sur le front il est vray
que quand il luy souuient au renouueau des a-
mours de luy, & de Diane, ou qu'il pourchasse
quelque Nimphe chasseresse qui couure ses

cornes de roses ou de fleurs , toutesfois ie ne
sçay pas si c'est de honte ou pour les enrichir ,
neantmoins a chasque bout de champ quand
il rencontre quelque claire fontaine il se mire
dedans & prend toutes les peines du monde de
les lauer , polir , & peindre pour se les rendre
agreables.

Que voyons nous aussi de plus recomman-
dable en ce siecle d'or, ou du moins d'airain que
cette sorte d'armoirie, les paons oyseaux sacrez
à la pronube Iunon en tirant leur ornement
pour tesmoigner que de toute antiquité les cornes ont esté en grande estime , on s'en ayde à
soustenir les vignes au long des murailles, aussi en recompence le vin soustient les cornes,
que dis ie on se sert de cornes ou du moins de
cors aux bois , à la chasse quand on poursuit à
cry & a cor les pauures cerfs , & ainsi les cors
poursuiuent les cornes, de vray les cornes naissent de corps, que vous diray plus pauure viel-
lard que ie suis , ie me veux releuer de ma fan-
tasque resuerie , car quand ie me represente en
Idee le temps passé ie voy que le plus sage hõ-
me de l'antiquité hebraicque en sembloit porter , toutesfois ils n'estoient pas à la façon que
que l'on les portes maintenant, encores que
pour vous les representer comme on les porte
il fallist vn pinceau inuisible , toutesfois pour
vous en dresser vn formulaire, ou du moins vn
esbauchemét regardez, moy ces damettes mo-
dernes qui portent plus d'estat que de rente ou
autant de lentes que de cheueux leur tresse si

curieusement

curieusement tiree par les deux boutz en forme
de corne, Ie vous fera paroistre si vous ne vou-
lez regarder aucuns Cuisiniers, Crocheteurs,
batteurs de semelles & autres gens sur le dessert
qui demonstrent aux moustaches les cornes
qu'ils portent sur la teste.

FIN.

Le Viellard tombé en resuerie
aux Dames.

SONNET.

IA le vesper voilloit le char porte lumiere
Quand Morphé distilliát ses pauots sur mes
 yeux
Sans repos trauaillez d'vn toorment ennuyeux
Charma d'vn doux sommeil ma mouuente
 paupiere.

Hecatte mesme alors commençoit sa carriere
Quand il me fut aduis qu'vn tigre furieux
Me rauissoit ingrat (de mon bien enuieux)
Celle qui tient mon ame en ses lacs prisonniere

Ceux qui virent iadis Niobé en vn rocher
En me voyant ratir ce que i'auois de chier
M'eussent iugé ainsi sans parole & sans vie.

Enfin craignant du plus qu'en ce cruel mes-
 chef
L'on ne m'aille plustost des cornes sur le chef
I'en suis en bon escient tombé en resuerie.

SVITTE DE LA RESVE-
*rie du Veillard ialoux en forme de
deffence aux femmes de ne plus ba-
tre leurs maris.*

AYant depuis n'agueres de temps entendu
par nos fidelles commis & estaffiers par
nous posez aux lieux de nos apartenances sui-
uant leur deposition daptee du vingt-septiesme
des calendres de Ianuier dernier, que quelques
femmes inciuiles & naturellement mal aprises
vsoient d'extorsions extraordinaires vers leurs
pauures maris, les faisoient lauer les escuelles,
balloyer la chambre, bassiner le lict, aller au
vin, coucher au grenier, garder a louureur, iet-
tur l'vrinal, aller au moulin couller la lessiue,
nettoyer les souliers, bercer les enfans, ester-
dre les habils, aller a la fontaine, a la bousche-
rie, & au four, & autres choses que nous n'ob-
mettons pour n'attedier le lecteur, mal con-
uenables a telles personnes & qui les faict sans
payer aucune étreeny suffrages maistre de la grã
de côfrarie, des lieux d'aix, gaber des personnes
& escrire au catologue des cornads, d'autant
que quelques affectez sures comme pommes
de bosquet ou vesse de coquin ont bien esté assez effrontez & ont bien eu assez d'audace &
d'asseurance que de iouer sans raquette a la
paume sur l'auuent de leurs propres maris chö-

ſe fort redicule & qui a la verité nous faict deſ-
plorer le mal-heur du ſiecle ſi corrompu & deſ-
praué, que les broches veulent monter ſur les
landiers, & les chapeaux ſur la teſte, l'œil veut
faire l'office de la langue, la langue de la main,
la main ce l'eſprit, l'eſprit du pied, & le pied
de toutes les autres parties, enſemble l'ignare
veut eſtre ſçauant, le Regnard veut eſtre Lion,
la poulle veut deuenir cocq, le loup feint eſtre
aigueau, le Sauetier veut contrefaire l'homme d'eſtat, les petits veullent parler des grands,
les geays veullent deuenir perroquets, les aſ-
nes cheuaux, & d'aucunes femes veulent porter les hault de chauſſes de leurs maris pour a-
quoy obuier recognoiſſans d'aucuns humeurs
de femmes dont les vnes trop hardies attendet
deux hommes en vn trou, les autres couards
mettent la queue entre les iambes, d'autres qui
ſont ſi honteuſes de leur nature, qu'ils couurent
leurs yeux de leur chemiſe, d'autres qui ſont ſi
pareſſeuſes qui le lerroient pluſtoſt pourrir que
ne l'oſter, d'autres qui ſont ſi peureuſes qui ne
ſe veulent coucher ſans homme, d'autres qui
ſont ſi deſgouſtez qui n'en veulent point ſans
ſauſſe, d'autres qui ſont ſi volontaires qui leuẽt
les iambes quand on leur dict, d'autres qui ſont
ſi iuſtes qui n'aiment que le droict, d'autres ſi
deſdaigneuſes qui n'en veulent que de grands,
d'autres ſi deuotes qu'ils ayment ſouuent l'eſ-
pergez, d'autres ſi ingenieuſes qu'ils ont l'en-
gin capable de grandes choſes, d'autres ſi foi-
bles qu'õ ne leur peut ſi peu toucher qu'ils ne rõ

bent a l'enuers, d'autres si diligentes qui l'ont
pluftoft fait deux fois que d'autres vne, d'autre
ordes qui mettent l'endouille au pot fans lauer,
d'autres si liberales qu'ils ne refufent rien, d'autres si charitables qui logēt les aueugles & muf-
fent les nuds, d'autres si morfondues qui veulent toufiours eftre couuertes, d'autres si effa-
mees qui veulent toufiours eftre auitaillees, &
d'autres si temeraires qui battent leurs maris.
parquoy ouy lesplaintes, clameurs & doleances
de plufieurs ieunes hommes mal mariez, qui
ont efpoufé leurs maiftres, & pour retrancher
les abbus, libertez, diffenfions, querelles, ini-
mitiez, efmotious & autres actes inciuils & def-
honneftes qui fe pourroient commettre & pu-
luller, fi par nous n'y eftoit donné ordie & re-
glement. Tout confideré, & veu par fembla-
ble, les legeretez, arrogances, fuperbitez &
trop grandes ardieffes des femmes, nous leurs
prohibons & deffendons d'attenter & mettre
la main, en aucune maniere & façon que ce
foit fur leurs maris, fi ce n'eft pour leur ayder
à redreffer nature, fur peine d'eftre pour la
premiere fois exempte fix mois de temps de
coucher auec iceux ny autres, pour la deuxief-
me fois de ieufner l'efpace d'vn an au pain & a
l'eau, & pour la troifiefme fois d'eftre priuées
pour tous le temps de leur vie de la frequenta-
tion des hommes & d'aller l'efpace de fix ans
fans chemife & fpecialemēt depuis la touffaints
iufques a la my-carefme. Declarant en outre
tous les freres de l'Acie qui ont couersé l'efpace

de dix ans auec icelles femmes farouches, que-
relleuses, arrogantes : Mutines & inraisonna-
bles vrais martirs & absouz des offences, pro-
pos & contumelies qu'ils auroient proclamé
contre icelles

Fin du Discours.